소원어린이책·26 문학

초판 1쇄 발행 | 2024년 12월 30일

글 | 박주혜   그림 | 나인완

책임편집 | 한은혜   책임디자인 | 김보경

편집 | 한은혜 · 양현석   디자인 | 강연지 · 김보경   마케팅 | 한소현   경영지원 | 유재곤

펴낸이 | 이미순   펴낸곳 | (주)소원나무

주소 | 경기도 고양시 덕양구 으뜸로 110 힐스테이트 에코 덕은 오피스 2동 603호

전화 | 02 - 2039 - 0154   팩스 | 070 - 7610 - 2367

등록 | 제2021-000180호(2021.09.30)

제조자 | (주)소원나무   제조국 | 대한민국   대상 | 8세 이상

ISBN 979-11-93207-75-8 (74800)

세 트 979-11-93207-00-0 (74800)

* 파본은 바꿔 드립니다.

* 책값은 표지 뒤쪽에 있습니다.

* 이 책은 저작권법에 따라 보호를 받는 저작물이므로 저작권자와 출판사의 허락 없이
  이 책의 내용을 복제하거나 다른 용도로 쓸 수 없습니다.

* 이 책에는 KopubWorld체, 혀니고딕체, 둥근모꼴체가 적용되어 있습니다.

* 소원나무는 녹색연합을 후원하고 있습니다.

소원나무는 한 권의 책 속에 우리의 꿈과 희망을 소중하게, 정성스럽게, 웅숭깊게 담아냅니다.

독서활동자료

소원나무 홈페이지

숲뚜루뚱짜라의 핫한 패션숍

글 | 박주혜   그림 | 나인완

소원나무

드르르르 드르르르 탁!

= 전편 줄거리 =

나는 '슝뚜루뚱까라' 행성의 위
대한 과학자 슝뚱이야. 슝뚜루뚱
까라는 과학 기술이 고도로 발달
한 행성이지. 우리 행성에서 최고로
손꼽히는 기계는 바로 내가
개발한 '또리'야. 또리는

'슝뚱 1호' 우주선을 타고 행성 곳곳으로 발
사되어 슝뚜루뚱까라에는 존재하지 않는 과학
기술을 찾아다니지. 또리가 처음으로 발사되고 얼마 뒤,
놀랍게도 '또리 298'한테서 실험실과 지구의 연결을 수락
하겠냐는 알림이 왔어. 나는 설레는 마음으로 수락했지.
그러자 또리 298이 지구의 놀라운 기술을 우리 행성에
맞게 개조하여 새로운 기계를 만들었어. 그
게 '맛나게 복사해'야!

'맛나게 복사해'는 수제 토마토케첩, 두
부를 으깨어 만든 동그랑땡, 참나물무
침과 불고기 등 지구의 음식을 슝뚜루

뚱까라로 가져와 복사하기 시작했어.

최고의 맛을 경험한 나는 곧바로 음식점을 차렸고 예상대로 음식점은 대박이 났어! 마침 내 실험실을 찾아온 담이

와 반숙이 덕분에 나는 별 다섯 개 요리를 만들어 내며 진정한 요리사로 새롭게 태어난 거야.

그런데 문제가 생겼어!

또리 298이 예고도 없이 사라지면서 담이네 집 냉장고에서 공수해 오던 음식 재료를 구할 수 없게 되었지. 안 돼! 내 음식 재료! 나는 반드시 슝뚜루뚱까라인들을 위해 음식 재료를 구하고 말 거야!

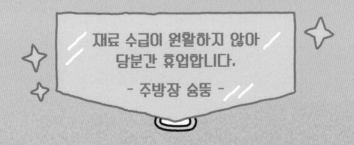

재료 수급이 원활하지 않아
당분간 휴업합니다.
- 주방장 숨뚱 -

"담이야, 우리 떡볶이 먹고 갈래?"

담이와 함께 길을 걷던 남자아이가 물었어요.

"미안! 나는 집에 가서 엄마가 만들어 놓은 도시락을 먹으려고."

담이가 씩씩하게 대답했어요.

"너는 엄마가 만든 도시락이 정말 맛있나 봐."

"뭐, 맛있어서 먹는 건 아니야. 하긴 엄마가 별 다섯 개 요리사이긴 하지."

담이가 시큰둥한 표정을 지었어요.

"담이 녀석! 엄마의 요리가 별거 아닌 것처럼 말하네. 별 다섯 개짜리 요리가 얼마나 대단한 건데!"

실험실에서 홀로그램 화면으로 담이의 모습을 지켜보던 슝뚱이 볼을 빵빵하게 부풀렸어요.

슝뚜루뚱까라는 우주에 있는 자그마한 행성이에요. 슝뚜루뚱까라인들이 그들만의 방식으로 오순도순 살고 있는 곳이랍니다. 슝뚱은 지구인처럼 얼굴도, 팔도, 다리도

있지만 모두 투명한 막에 둘러싸인 생김새를 하고 있어요. 초등학교 삼 학년쯤 되는 덩치에 커다란 비눗방울 모양의 얼굴이 특징이지요.

"현재 식량 창고 상황은?"

슝뚱의 목소리를 인식한 인공 지능 시스템이 또 다른 홀로그램 화면을 띄웠어요. 푸른 밭이 펼쳐진 지구의 풍경이었지요.

"이장님, 밭이 넓어서 많이 힘드시죠?"

경운기를 타고 가던 농부는 할아버지를 향해 소리쳤어요. 그러자 밭에서 일하던 할아버지가 허리를 펴며 일어났지요.

"허허. 내 농작물을 좋아하는 친구들이 있어서 말이야. 게으름을 피울 수가 없네. 또 주말엔 손주 담이 녀석이 놀러 오기로 했으니 그 전에 얼른 끝내야지!"

할아버지는 함박웃음을 짓곤 다시 밭일에 집중했어요.

"할아버지의 농작물 수확량이 엄청나네. 저건 내가 좋아하는 대파구나! 이번에 〈슝뚜루뚱까라의 핫한 음식점〉 특

별 메뉴로 달콤한 대파 수프를 준비해 볼까?"

슝뚱은 상상만으로도 신이 난 듯 몸을 부르르 떨었어요. 슝뚱은 과학자이기도 하지만 음식 만드는 걸 즐기는 요리 사이기도 해요. 바로 〈슝뚜루뚱까라의 핫한 음식점〉 주방 장이거든요.

얼마 전, 슝뚱은 실험실에 지구로 순간 이동을 하는 기 능을 추가했어요. 이 기능을 이용하면 슝뚜루뚱까라에선 구할 수 없는 음식 재료들을 지구로부터 손쉽게 가져올 수 있거든요. 사실 이 과정이 쉽진 않았어요.

슝뚜루뚱까라와 지구를 연결하는 '또리 298'이 사라진 후, 슝뚱한테 위기가 닥쳤어요. 유일한 지구인 친구 담이가 살던 곳에서 이사를 갔거든요. 담이네가 이사를 가면서 집 앞에 내놓은 냉장고, 스타일러, 옷장을 발견하지 못했다면 슝뚱은 아마 담이를 찾을 수 없었을 거예요. 그 뒤로 담이의 할아버지한테 슝뚜루뚱까라의 상황도 설명해야 했죠. 그 뒤 슝뚱은 실험실을 떠나 더 넓은 곳에 음식점을 새로 열었어요. 슝뚱의 동료 과학자 루라와 함께 음식점을 운영하기로 했지요.

"얼른 음식 재료를 가져와서 요리를 만들어야겠다. 지구로 순간 이동 기능 실행!"

슝뚱은 홀로그램 화면을 닫고 소리쳤어요. 그러자 실험실의 출입문이 철컥하고 잠겼어요.

패션 괴파
감하람

"어떻게 하면 이 티셔츠가 특별해질까?"

책상 위에 티셔츠를 펼쳐 놓은 하랑이는 가위를 쥔 채 고민스러운 표정을 지었어요. 이내 눈썹을 꿈틀거리곤 티셔츠를 집어 들었어요. 하랑이는 티셔츠를 아랫부분에서 가슴 높이까지 싹둑싹둑 잘랐어요. 그 옆에도, 또 그 옆에도 가위질했지요. 그러자 티셔츠 아랫부분에 줄들이 생겨났어요.

하랑이는 설레는 표정으로 티셔츠를 입어 보았어요. 거

울에 비친 자신의 모습이 무척 만족스러웠지요.

"아이고, 무거워."

그때 거실에서 우당탕 쿠당탕 물건을 옮기는 소리가 요란하게 들려왔어요. 하랑이는 문밖의 거실을 향해 귀를 쫑긋 세웠지요.

"이걸 어디에 둔담?"

엄마는 마치 누군가 물건을 함께 들어 주길 원한다는 듯이 큰 소리로 혼잣말을 했어요. 혼잣말이 저렇게 크다면 혼잣말이 아니지 않겠어요?

"엄마, 뭐 해?"

하랑이가 방문을 벌컥 열었어요.

"강하랑! 너!"

엄마는 하랑이를 보자마자 인상을 찌푸렸어요. 하랑이의 티셔츠 아랫부분이 전부 가느다란 줄이 되어 있었으니까요.

"옷이 그게 뭐야!"

엄마가 하랑이한테 불을 뿜듯 소리쳤어요.

"왜! 예쁘잖아. 옷이 너무 짧다고? 걱정 마. 그래서 안에 흰옷을 입었어."

하랑이가 제자리에서 휘리릭 한 바퀴를 돌자 티셔츠는 마치 활짝 핀 꽃처럼 동그라미 모양을 그렸어요. 옷에 붙어 있던 로고도 빛을 받아 반짝거렸지요.

"하. 어디서 저런 애가 왔지?"

엄마는 한숨을 쉬며 이마를 짚었어요.

"하. 엄마는 패션의 '패' 자도 모르면서."

하랑이도 한숨을 쉬며 엄마를 따라서 이마를 짚었어요.

"에라, 모르겠다!"

엄마는 하랑이한테 잔소리하기를 꾹 참고 물건을 마저 옮기기 위해 안간힘을 썼어요.

"우아! 엄마, 이거 스타일러 아니야? 입던 옷도 새 옷처럼 깔끔하게 만들어 준다는 그 스타일러? 이 무거운 걸 집까지 어떻게 혼자서 옮겼어?"

하랑이는 얼른 엄마의 반대편으로 가서 엄마를 도와 스타일러를 들었어요.

"중고 거래 앱에 아주 저렴한 가격으로 나왔더라고. 이 사 가는 집에서 팔려고 내놓은 거래. 스타일러를 사면 집까지 배달해 준다고 해서 얼른 샀지."

엄마는 끙끙거리며 스타일러를 거실 벽 쪽으로 옮기려고 애썼어요. 하랑이도 똥이 나올 만큼 배에 잔뜩 힘을 주며 엄마를 도왔지요.

"진짜 무겁네. 엄마, 이따 삼촌 오면 옮겨 달라고 할까?"

하랑이가 인상을 찌푸리며 물었어요.

"얘, 네 삼촌이 나보다 힘이 약해."

하랑이는 엄마의 말을 듣고 잠시 고민하더니 이내 고개를 끄덕였어요. 삼촌은 엄마보다 키가 크고, 젊고, 어깨도 넓지만 밥은 엄마의 반의반밖에 안 먹거든요. 힘이 없는 삼촌을 볼 때마다 엄마와 삼촌의 어머니인 박봉숙 여사님은 늘 이렇게 말했어요.

"우리 집안의 남자들은 힘이 약하지만 마음만은 씩씩하단다."

하랑이의 할머니는 늘 재봉틀 앞에 앉아 달가닥달가닥 소리를 내며 무언가를 만들었어요. 할머니가 재봉틀에 손만 대면 금세 멋진 옷이 뚝딱! 탄생했지요. 할머니는 옷을 완성한 후에는 옷에다 꼭 '봉'이라는 글자를 새겨 자신이 만들었다는 표식을 남겼어요. 하랑이는 그게 늘 궁금했지요.

"할머니, 왜 옷에 '봉'이라고 새겨요?"

하랑이의 질문에 할머니가 코에 주름을 보이며 웃었어요.

"옷을 완성했다는 마침표를 찍는 거지. 이 박봉숙의 마음을 옷 안에 담았다는 표시를 하는 거다. 나는 평생 동안 재봉틀로 내가 좋아하는 옷을 만들면서 박봉숙으로 살아왔다. 그러니 나를 할머니라고 부르지 말고 박봉숙 여사라고 불러라. 하랑이 너도 네가 좋아하는 걸 하면서 강하랑으로 살면 된다."

하랑이가 '할머니'라고 부를 때마다 할머니는 늘 호칭을 박봉숙 여사로 바로잡았어요. 그 덕에 하랑이는 기억 저편에서부터 할머니를 박봉숙 여사님이라고 불렀지요.

하랑이는 박봉숙 여사님한테 특급 수련을 받아서 세 살 때는 바늘에 실을 꿰는 데 성공했고, 네 살 때는 실로 매듭

을 지을 수 있었으며, 다섯 살 때는 바느질도 했어요. 무엇보다 하랑이는 박봉숙 여사를 닮아 세상에서 단 하나뿐인 특별한 것을 좋아했어요. 유행하는 물건이나 옷을 사는 건 무척 싫어했고요. 아빠와 엄마, 자녀로 구성된 가족보다 박봉숙 여사님과 엄마, 삼촌 그리고 강하랑으로 구성된 우리 가족이 더 특별하다고 생각했어요. 하랑이는 세상에 단 하나뿐인 옷과 가방을 만드는 박봉숙 여사님을 존경해요. 그리고 강하랑이 만든 특별한 옷들을 사랑해요.

"강하랑, 옷 입은 것 좀 봐."

"진짜 이상하다. 저런 옷은 어디서 사는 거야?"

주변에서 쑥덕쑥덕하는 친구들의 소리가 하랑이 귀에 들려왔어요. 하지만 하랑이는 누가 뭐라고 해도 신경 쓰지 않아요. 하랑이는 김하랑도, 이하랑도, 손하랑도 아닌 강하랑이니까요. 그러니까 강하랑만의 특별한 옷을 입어야 해요.

"영차! 아이고, 허리야."

엄마가 간신히 스타일러를 거실 벽에 붙이곤 양손에 묻

은 먼지를 탈탈 털었어요.

"이제 네 삼촌 양복도 깨끗하게 입을 수 있겠어. 하랑이 너도 중학생이 되면 교복을 입어야 하니까 이 스타일러가 매우 쓸모 있을 거야."

"교복이라니, 맙소사! 학생이라는 이유로 모두 같은 옷을 입는 것은 너무 슬픈 일이야."

하랑이는 고개를 저었어요.

"스타일러에는 꼭 양복이나 교복만 넣어야 해? 다른 옷은 못 넣어?"

"아니. 다 넣을 수 있어. 매번 세탁하기 번거로운 옷이나 깨끗하게 오래 입고 싶은 옷들을 넣으면 돼. 단, 네 그 누더기 같은 옷들은 빼고."

스타일러 사용법을 차근히 설명해 주던 엄마가 갑자기 하랑이를 향해 뒤돌았어요. 엄마는 하랑이의 티셔츠를 가리키며 못마땅한 표정을 지었지요.

다음 날, 혼자 집에 있던 하랑이는 옷들을 가득 들고 거

실로 나왔어요. 이 옷들로 말하자면, 하랑이의 보물 창고
인 재활용 센터에서 구매한 옷들을 리폼한, 하랑이만의 특
별한 옷들이었지요. 하랑이는 스타일러 안에 걸린 삼촌의
양복 사이로 자신의 옷들을 차례대로 넣었어요. 문을 닫자
경쾌한 소리와 함께 스타일러가 작동하기 시작했어요. 하
랑이는 반짝거리는 눈으로 스타일러를 바라보았어요.

허물어진
슝뚱의 실험실

"음식점 준비도 잘 되어 있고! 식재료 상태도 완벽하군!"

슝뚱은 실험실에 앉아서 〈슝뚜루뚱까라의 핫한 음식점〉 내부를 홀로그램 화면으로 확인했어요. 며칠 전, 지구에서 가져온 대파로 만든 수프는 대박이 났지요. 슝뚱이 사랑을 담아 정성스레 만든 후, 슝뚜루뚱까라인들의 신체 반응과 심리를 분석해 만족도를 예측하는 '만족 테스트기'에 대파 수프를 올렸을 때 5점이 나왔거든요. 슝뚜루뚱까라인들한테 직접 선보였을 때는 환호성이 터져 나왔지요.

"슝슈루슝뚱뚜루뚱! 진짜 짜릿해!"

슝뚱은 그 순간을 떠올리며 행복한 듯 엉덩이를 한 번 씰룩였어요. 그러자 슝뚱의 감정을 읽은 로봇 의자가 요리조리 움직이며 신나는 음악을 틀어 주었어요.

"오예!"

슝뚱은 로봇 의자와 함께 한참 동안 엉덩이춤을 추곤 다시 화면을 보았어요. 화면 속에는 대파 수프를 맛있게 먹고 있는 슝뚜루뚱까라인들과 주방에서 열심히 요리하는 루라가 보였어요. 슝뚜루뚱까라인들의 행복한 모습을 보자 슝뚱의 얼굴에도 흐뭇한 미소가 흘렀지요.

그때 슝뚱이 보고 있던 홀로그램 화면이 갑자기 사라졌어요. 아무런 명령도 내리지 않았는데 말이에요. 슝뚱은 고개를 갸웃거리며 실험실 안의 기계들을 찬찬히 살펴보았어요.

"이상하네? 뭐가 고장이 났나?"

슝뚱이 투명한 손가락으로 버튼을 이리저리 누르자 갑작스레 새로운 홀로그램 화면이 떠올랐어요.

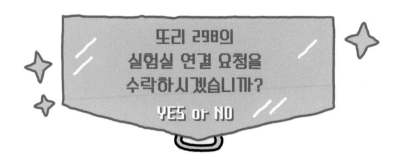

또리 298의
실험실 연결 요청을
수락하시겠습니까?
YES or NO

　화면을 본 슝뚱은 깜짝 놀라 자리에서 벌떡 일어났어요.

　"또리 298이라면?"

　슝뚱의 심장이 빠른 속도로 뛰었어요. 그러자 슝뚱이 손목에 차고 있던 '건강 체크 기계'에 빨간불이 들어왔어요. 슝뚱은 또리 298이 반가우면서도 두려웠거든요. 지난번 또리 298이 갑작스럽게 사라진 후, 지구에서 음식 재료를 구해 오기까지 얼마나 고생을 했다고요.

　"또리 298이 지구와 슝뚜루뚱까라 행성 사이에 연결 통로를 만들어 줘서 음식점을 열 수 있었어. 하지만 갑작스럽게 사라져서 음식 재료를 직접 구해야만 했지. 물론 그 덕에 실험실에서 지구로 순간 이동을 할 수 있는 기능을 개발했지만……. 연결 요청을 수락할까 말까?"

26

승뚱은 투명한 입술을 잘근잘근 씹기도 하고 주먹을 쥐었다 폈다 반복하기도 했어요. 이윽고 고개를 끄덕였어요.

"암! 세상에 나쁘기만 한 일은 없지. 그렇고말고! 이번엔 무슨 일이 벌어질까?"

승뚱은 크게 심호흡을 한 후, 또리 298의 연결 요청을 수락했어요.

콰랑쾅쾅 쿠르릉쾅쾅!

그러자 실험실 벽 한쪽이 차곡차곡 접히면서 직사각형 모양의 커다란 기계가 나타났어요. 그런 다음 실험실 바깥과 기계를 연결하는 투명한 통로도 생겨났어요. 기계에는 컨베이어 벨트가 움직이고 있었는데 그 안에는 무언가를 걸 수 있는 조그만 고리들이 설치되어 있었지요.

"아니! 이번에 가져온 지구의 기술은 무엇이길래 이런 모양의 기계가 생겨났지?"

재밌는 것을 발견해 흥미롭다는 듯 슝뚱이 눈썹을 꿈틀거렸어요. 새롭게 찾은 과학 기술을 슝뚜루뚱까라에 적용하도록 또리 298에 자동 생성 기능을 만들어 놓았거든요. 실험실에 기계가 설치되자 벽 위쪽에 있던 만족 테스트기가 반짝이며 빛났어요.

"역시 또리 298은 정말 대단해."

곧이어 투명 터널 안으로 초록색 형광 불빛이 비치더니 뭔가 들어왔다 사라졌어요. 뒤이어 컨베이어 벨트가 움직였고 컨베이어 벨트에 설치된 봉에 그것과 똑같이 생긴 물건이 걸려 있었어요.

새롭게 들어온 과학 기술에 처음으로 별점이 매겨졌어요. 별 다섯 개 중 반 개였지요. 슝뚱은 고개를 갸웃거리며 물건 앞으로 다가갔어요. 천으로 이루어진 물건이 옷걸이에 걸려 있었지요. 슝뚱이 입고 있는 옷과 비교해 보아도 크게 다른 점이 없어 보였어요.

"이건 그냥 옷이잖아! 슝뚜루뚱까라인들이 평소에 입는 옷보다도 별로인 것 같은데……."

슝뚱은 옷을 꺼내 이리저리 살펴보았어요. 색깔도 별로인 데다 디자인도 마음에 들지 않았지요.

"마음에 들진 않지만 한번 입어 보지 뭐."

슝뚱은 커다란 옷을 몸에 뒤집어썼어요. 그 모습이 마치 이불을 뒤덮은 것 같았어요. 아무리 보아도 멋있어 보이지 않았지요. 슝뚱은 심각한 표정으로 콧김만 내뿜었어요.

"이 옷은 줘도 안 입겠는데? 또리 298이 이렇게 필요 없는 기술을 찾아냈을 리가 없는데……."

슝뚱의 이마에 주름이 세 개나 잡혔어요.

따랑 따랑!

그때였어요. 알람 소리와 함께 또다시 컨베이어 벨트가 움직이는 소리가 났어요. 이번에도 투명 터널 안으로 옷이 들어오더니 곧 돌아서 나갔지요. 옷걸이에는 새로운 옷 하나가 걸려 있었어요.

"아하! 지구에서 누군가가 옷을 넣으면 그것을 그대로 복사해 주는 기계이군!"

슝뚱이 기계를 분석하고 있을 때 만족 테스트기에서 '측정 불가'라는 문구가 떴어요. 슝뚱은 고개를 갸웃거리며 방금 복사된 옷을 꺼내 들었어요.

"이게 윗옷인가? 아래옷인가?"

슝뚱은 고민하다가 옷을 입어 보았어요. 줄이 치렁치렁하게 달린 티셔츠와 좌우 길이가 서로 다른 바지였어요.

"디자인이 희한하네. 이렇게 생긴 옷은 처음 봐."

옷을 입은 슝뚱은 제자리를 빙그르르 돌았어요. 왜인지는 모르겠지만 자신이 꽤 괜찮아 보였지요.

"거울!"

슝뚱이 외치자 로봇 의자가 거울로 변신했어요.

"뭐야. 나 왜 이렇게 멋지지? 바지 길이가 다르니까 다리가 길어 보이고 티셔츠에 줄이 달리니까 상체도 좀 짧아 보여! 가만 보니 나, 잘생겼네!"

승뚱은 만족스러운 표정을 지으며 거울 앞에서 당당하게 워킹을 했어요. 마치 패션쇼를 하는 모델처럼요.

"어? 근데 이건 뭐지?"

승뚱은 거울을 보다 옷에 붙은 오로라 빛 로고를 발견했

어요. 로고에는 'K'라는 지구의 기호가 표시되어 있었지요.

　슝뚱은 기계에서 들어온 옷들 중 '측정 불가'인 옷들만 따로 모았어요. 곳곳이 찢어진 티셔츠, 오로라 빛 자수가 놓인 바지, 형광색 천들이 짜깁기 된 재킷 등등. 이 옷들은 모두 공통점이 있었어요. 바로 오로라 빛을 내뿜는 K 로고가 달려 있다는 것이었지요.

'힙하게 입는다' 기계와 모로라K

"좋았어!"

슝뚱은 자기만의 비밀 공간으로 재빠르게 들어가더니 우당탕 소리를 내면서 커다란 행거를 만들어 나왔어요. 슝뚱은 원하는 것은 단숨에 만들어 낼 수 있는, 슝뚜루뚱까라 행성의 제일가는 과학자니까요.

슝뚱은 따로 모아 둔 옷들을 행거에 걸었어요. 옷은 무채색 옷부터 화려한 형광색 옷까지 아주 다양했지요. 평범한 모양의 옷은 하나도 없었어요. 어깨 부분에 줄이 달려 있다거나, 별 모양의 누비 장식이 박혀 있다거나, 소매가 한쪽 부분만 잘려 있는 옷도 있었어요.

"우아, 이건 진짜 멋진데?"

슝뚱은 처음 보는 화려한 무늬의 점프 슈트를 보자 입이 쩍 벌어졌어요. 여러 개의 동그라미 모양이 다양한 색깔로 배치되어 있었는데 꼭 누군가가 점프 슈트에 그림을 그려 놓은 듯 했지요. 슝뚱은 옷들을 하나씩 입어 보았어요. 형광빛이 도는 노랑, 초록, 주황, 빨강, 보라 순서대로 줄무늬가 있는 재킷을 입으니 투명한 슝뚱의 얼굴에서 형형색색의 빛이 뿜어져 나오는 것 같았어요.

"이 옷을 입었더니 얼굴이 정말 환해지잖아?"

슝뚱은 실험실을 무대 삼아 마구 걸었어요. 관객은 없었지만 박수 소리가 들리는 것만 같았지요.

"이건 몸을 어디로 넣어야 하는 거지?"

슝뚱은 구멍이 여러 군데 뚫린 옷을 보며 고민에 빠졌어요.

"아하, 팔을 넣으면 티셔츠로 입을 수 있고, 다리를 넣으면 바지로도 입을 수 있구나!"

슝뚱은 옷을 티셔츠로 입어 본 후, 벗어서 바지로도 입어 보았어요.

"힙하다. 힙해!"

슝뚱은 자기도 모르게 거울을 보며 중얼거렸어요. 그러다 번뜩 생각이 떠올랐는지 크게 외쳤어요.

"그래! 저 기계의 이름은 '힙하게 입는다'야! 오로라K, 당신은 도대체 누구길래 이렇게 멋진 옷들을 만들었나요?"

슝뚱은 행거에 걸린 옷들 중 가장 마음에 드는 옷을 골라서 입고 콧노래를 흥얼거렸어요.

그때였어요.

실험실 입구에
방문객 등장!

힙하게 입는다!

홀로그램 화면에 새로운 알림이 떴어요. 승뚱이 실험실 입구를 비추는 화면을 확인해 보니 승뚜루뚱까라인 몇몇이 서 있었지요.

"아 참. 시간이 벌써 이렇게 됐나?"

승뚱은 재빠르게 출입문의 열림 버튼을 눌렀어요. 오후

에 '슝튜브'라는 동영상 공유 매체와 인터뷰 약속이 잡혀 있었거든요. 과학자와 주방장, 두 가지 역할을 잘 해내고 있는 슝뚱을 인터뷰하고 싶다는 요청으로 인해 성사된 약속이었어요.

"슝뚱 씨 안녕하세요!"

출입문이 열리자 슝튜브의 기자와 카메라 감독이 실험실로 들어왔어요.

"오늘 인터뷰는 실시간으로 진행되는 방송이에요. 너무 긴장하지 마시고 평소처럼 말해 주시면 됩니다."

기자의 인사말과 함께 슝뚱의 인터뷰가 시작됐어요. 슝뚱은 기자의 질문에 하나씩 대답했어요.

"슝뚱 씨는 과학자이면서 동시에 음식점을 운영하는 주방장이에요. 서로 다른 분야의 일을 하는 데 어려움은 없으신가요?"

"음, 두 가지 일은 크게 다르지 않습니다. 저는 항상 사랑과 정성으로 음식을 만들고 있어요. 사랑과 정성이 담긴 음식을 만드는 건 쉽지 않죠. 어떠한 과정도 쉽게 넘어가

서는 안 돼요. 요리를 만드는 모든 과정에 손님들을 위한 진심을 담아야 합니다. 마찬가지로 과학자로서 기술을 개발하는 일도 다르지 않습니다. 슝뚜루뚱까라인들이 기술을 어떻게 받아들일지, 기술이 시행됐을 때 슝뚜루뚱까라인들이 행복할지를 가장 먼저 고민합니다."

인터뷰 질문에 답하는 슝뚱의 표정은 그 어느 때보다 진지해 보였어요.

"와, 아주 멋진 마음이네요. 지금 실시간으로 인터뷰를 지켜보고 있는 많은 시청자분이 슝뚱 씨를 열렬하게 응원하고 있는데요!"

기자의 말에 슝뚱은 인터뷰 화면을 바라보았어요. 채팅 화면에는 시청자들의 댓글이 빠르게 올라왔어요.

└슝슝댁: 슝뚱의 음식 덕분에 매일매일이 기대돼요!

└에이스뚱: 음식도 잘 만들고 과학 기술 개발도 잘하는 슝뚱!♡

└뚱디: 슝사모(슝뚱을 사랑하는 모임) 1호 팬이에요!

"슝뚱 씨, 그러면 질문 하나만 더 드릴게요. 슝뚜루뚱까라에는 슝뚱 씨만큼 유명한 과학자가 또 있죠. 바로 뚜까 씨예요. 과학자 뚜까 씨가 곧 '투시 시스템'을 상용화한다고 발표했어요. 이 시스템은 의료 기술에 적용될 예정이라고 하는데요. 수술할 때 몸 안을 자세히 볼 수 있어서 더 좋은 결과를 낼 수 있다는 소식입니다. 이 기술에 대해 슝뚱 씨는 어떻게 생각하시나요?"

"뚜까 씨는 저도 잘 아는 동료 과학자입니다. 뚜까 씨는 어떻게 하면 슝뚜루뚱까라인들을 도울 수 있을지를 항상 고민하는 과학자이죠. 뚜까 씨의 멋진 기술이 의료 분야에 사용된다면 의사들의 수술 정확도는 올라갈 수밖에 없을 겁니다."

슝뚱의 말에 기자는 고개를 끄덕였어요. 그때 실시간 채팅 화면에서 한 댓글을 발견한 기자가 다시 한번 질문을 이어 갔어요.

"그런데 슝뚱 씨, 오늘 입은 옷은 어디서 구매를 하신 건가요? 채팅 화면에 옷과 관련된 이야기가 아주 많습니다.

└,오마이뚱: 슝뚱, 옷 어디에서 산 거임?

└,슝드림: 슝.멋!(슝뚜루뚱까라 멋쟁이의 줄임말임)

└,뚱지: 패셔니스트뚱! ^_^

└,마스까라: 얼굴에서 빛이 나요! 다리가 2미터인 줄 알았뚱!

멋있다는 칭찬이 쏟아지고 있어요."

　　슝뚱은 그제야 자신이 오로라K의 옷을 입은 채로 인터
뷰를 하고 있다는 사실을 깨달았어요. 슝뚱은 헛기침을 하
며 목을 가다듬더니 옷을 위에서 아래로 쓸었어요.

"이 옷은 세상에서 하나밖에 없는 옷으로!"

"슝뚱 씨, 이제 옷도 만드는 겁니까?"

그때 슝뚱의 말에 기자가 끼어들어 질문을 던졌어요.

"아, 이 옷은 말이죠."

슝뚱은 뭐라고 말을 해야 할지 몰라 고민에 빠졌어요. 투명한 얼굴이 점점 더 창백해지는 것 같았지요.

"슝뚱 씨, 이제 패션 산업으로까지 영역을 넓히는 건가요? 정말 대단합니다!"

"아닙니다! 아닙니다! 이 옷은 제 옷이 아니라, 오로라K 라는 디자이너의 옷이에요. 위아래 옷 모두 그분의 작품입니다."

슝뚱의 말에 실시간 채팅 화면이 난리가 났어요. '오로라K가 누구냐.', '당장 데려와라.', '나도 그 옷을 입어 보고 싶다.', '오로라K한테 매일 옷만 만들게 하자.' 등등 댓글이 아주 많이 달렸지요.

"슝뚱 씨, 혹시 오로라K와 인터뷰를 진행할 수 있도록 연결해 줄 수 있나요?"

기자는 잽싸게 슝뚱의 입에 마이크를 가져다 댔어요.

└,슈루룽: 오로라K의 정체가 궁금하다뚱!

└,뚜리뚜스: 슝뚱이라면 그 정도는 충분히 가능할 듯.

└,루리뚱: 슝뚱의 능력은 역시나 대단해. 오로라K라는 디자이

　　　너를 새롭게 발굴한 거잖아! (˙o˙)

　자신을 칭찬하는 글을 본 슝뚱은 빵빵한 얼굴이 펑 하고 터질 것 같은 느낌이 들었어요.

　"네! 제가 다음 주 슝튜브 인터뷰에 오로라K를 초대해 보겠습니다!"

　슝뚱은 신이 나서 크게 소리쳤어요.

　"이놈의 입! 미쳤지 내가!"

　인터뷰가 끝나고 실험실에 혼자 남은 슝뚱은 자신의 입을 손바닥으로 마구 때렸어요. 당연히 슝뚱도 오로라K를 슝튜브와 연결해 주고 싶지만, 슝뚱은 오로라K가 누구인

지도 모르는걸요.

"관심을 받으면 말도 안 되는 약속을 하는 이 버릇을 빨리 고쳐야 할 텐데……. 에휴 모르겠다! 여기로 가면 어떻게든 되겠지!"

슝뚱은 실험실 안을 분주하게 돌아다니며 최첨단 리모컨 등 필요한 물건들을 주섬주섬 챙겼어요. 그러곤 '힙하게 입는다' 기계의 입구로 몸을 집어넣었어요.

"으아악!"

초록색 형광 불빛이 번쩍이더니 금세 슝뚱이 사라졌어요.

"오케이! 이렇게 하면 되겠다!"

티셔츠의 옆 선을 잘라 낸 다음, 어떤 모양을 내면 좋을지 고민하던 하랑이는 반짇고리에서 양면테이프를 꺼내 들었어요. 바느질로는 원하는 모양을 잡기가 쉽지 않았거든요. 하랑이는 양면테이프를 이용해 새로운 스타일의 옷을 완성해 나갔어요.

띠링 띠링!

그때 스타일러에서 건조가 완료되었다는 소리가 들렸어
요. 하랑이는 나풀나풀 걸으며 거실로 향했어요. 하랑이가
상쾌한 표정으로 스타일러의 문을 활짝 여는 순간.

　　"으아악!"

　　스타일러 안에서 살아 있는 무언가가 소리를 지르며 튀
어나왔어요.

슘뚱과
하랑이의 대치

"뭐야!"

하랑이는 깜짝 놀라서 양손을 움켜쥐고 가슴 가까이로 가져다 댔어요. 다리를 앞뒤로 왔다 갔다 움직이며 금방이라도 발차기를 할 것 같았지요. 하랑이는 처음 보는 생명체의 모습에 콧구멍을 벌렁거렸어요.

슘뚱은 팔을 쓰다듬으며 주변을 두리번두리번 살폈어요. 그러다 이상한 표정을 지은 채 자신을 보고 있는 여자아이를 발견했지요.

삐죽하게 뻗친 머리, 다양한 조각 천으로 꿰맨 바지, 삼각형 구멍이 곳곳에 나 있는 티셔츠, 반짝반짝 빛이 나는 오로라K 로고까지. 슝뚱은 눈앞에 서 있는 이 여자아이가 오로라K임을 단박에 확신했어요.

슝뚱은 얼른 리모컨을 꺼내 공중에 홀로그램 화면을 띄웠어요. 화면에는 다양한 기능을 선택할 수 있는 시스템 메뉴가 나타났지요. 슝뚱은 '언어 자동 번역 시스템'을 터치한 후에야 하랑이의 말을 알아들을 수 있게 되었어요.

"우리 집에는 어떻게 들어온 거야? 도대체 네 정체가 뭐

야! 이 비눗방울아!"

흥분한 하랑이의 콧구멍이 더욱 빠르게 벌렁거렸어요. 하긴 그럴 만도 해요. 슝뚱이 갑작스레 집으로 쳐들어온 침입자로 보일 테니까요.

"나는 슝뚜루뚱까라의 과학자! 아니, 주방장! 아니, 둘 다인 슝뚜…… 읍!"

슝뚱은 말을 다 끝내기도 전에 하랑이의 습격을 받아 입을 다물 수밖에 없었어요. 하랑이는 옆에 있던 양면테이프로 슝뚱의 입을 딱 붙여 버렸어요. 그러곤 반짇고리에서

줄을 꺼내 슝뚱의 몸을 마구 감기 시작했어요.

"슝슝 같은 소리 하고 있네. 범죄자 검거! 당장 경찰서에 신고해야겠어!"

하랑이는 주변을 둘러보며 휴대폰을 찾았어요.

"어?"

그때 하랑이는 슝뚱한테서 이상한 점을 발견했어요. 처음 보는 낯선 생명체가 어디서 많이 본 옷을 입고 있었거든요.

"잠깐만, 이거 내 옷 아니야?"

하랑이는 슝뚱이 입은 옷을 요리조리 살펴보았어요. 하랑이가 특수 제작한 오로라 빛이 나는 로고까지 똑같았지요. 하랑이는 이해할 수 없다는 듯 자신의 옷장으로 가서 슝뚱과 똑같은 옷을 꺼내 왔어요.

"내 옷은 여기에 있는데? 이건 뭐지?"

하랑이는 경찰서에 신고하는 걸 잊고 슝뚱의 옷과 자신의 옷을 번갈아 가며 유심히 보았어요.

슝뚱은 자신의 입에 붙은 양면테이프를 떼기 위해 입을

위아래로 마구 움직이며 바람을 후후 불었어요. 마침내 양
면테이프와 입술 사이가 살짝 벌어지며 틈이 생겨났어요.

"어니야. 뇌 마알 조옴 드러어 봐아."

양면테이프 때문에 숭뚱의 발음이 잔뜩 뭉개졌어요.

"뭐라는 거야? 무슨 말인지 하나도 모르겠네!"

하랑이가 숭뚱의 입에 붙어 있던 양면테이프를 쫙 하고
떼었어요.

"나는 범죄자가 아니야! 내 말 좀 들어 봐. 오로라K."

슝뚱이 울먹이는 목소리로 하랑이한테 말했어요.

"오로라K?"

"그래! 이 옷에 붙어 있는 오로라 빛이 나는 K 로고 말이야. 나는 이 옷을 만든 지구인을 찾아온 거라고."

슝뚱은 다리를 내밀며 K 로고를 보여 주었어요. 하랑이는 경계심이 약간 풀렸는지 침을 꼴깍 삼키곤 슝뚱을 바라보았어요.

"비눗방울이 말을 잘하네?"

"나는 비눗방울이 아니라 슝뚜루뚱까라 행성의 과학자 슝뚱이야. 우리 슝뚜루뚱까라는 최첨단 과학 기술을 보유하고 있으며 무엇보다 사랑과 정성을 무척 중요하게 생각하는 행성이지. 지금 우리 슝뚜루뚱까라에선 오로라K의 옷이 화제야. 모두가 오로라K를 만나고 싶어 한다고! 그래서 말인데 오로라K! 나와 함께 슝뚜루뚱까라로 가지 않겠어?"

슝뚱은 목소리에 잔뜩 힘을 주어 또박또박 말했어요.

"후후. 내 옷이야 물론 대단하지. 아니, 그게 아니라! 슝뚜루? 그곳에서 내 옷을 어떻게 안 거야? 설마 내 옷을 훔치기라도 한 거야? 무단 침입에 남의 옷까지 훔치다니 당신 정말 범죄자네!"

흥분한 하랑이는 입에서 곧 불이 나올 것 같았어요.

"아니, 그게 어떻게 된 일이냐면……."

슝뚱은 하랑이한테 그동안 있었던 일을 모두 말해 주었어요.

"허, 말도 안 돼. 그러니까 엄마가 가져온 저 스타일러가 슝까라라는 행성과 연결되어 있다는 거지? 그 통로로 내 옷들이 복사된 거고? 믿을 수 없어."

하랑이는 고개를 저었어요.

"우주에서 당신의 행성이 어디에 있는지 콕 짚어 봐!"

하랑이는 휴대폰으로 우주 사진을 검색해 슝뚱한테 내밀었어요.

"지금 이 사진에는 없어. 우리 행성은 어떤 장치에도 발견되지 않도록 투명막 기술을 사용하고 있거든."

슝뚱은 자신있게 대답했어요.

"거, 거짓말 아니야? 내가 그걸 어떻게 믿어!"

"하, 진짜 속고만 살았나? 왜 나를 못 믿지?"

하랑이의 의심에 슝뚱은 답답해하며 고개를 푹 숙였어요.

"거기 사는 외계인들이 내 옷이 좋대?"

잠시 고민하던 하랑이는 내심 궁금했는지 슝뚱한테 넌지시 물었어요.

"슝뚜루뚱까라인들이 네가 만든 옷이 너무 멋있대. 이 옷을 누가 만들었는지 궁금하다고 그랬어."

순간 슝뚱의 눈빛이 까맣게 빛났어요. 그러자 하랑이의 눈빛도 까맣게 일렁였어요. 하랑이는 알 수 있었어요. 슝뚱의 눈이 진실을 말하고 있다는 것을요.

하랑이가 지나가면 사람들은 모두 한 번씩 하랑이의 옷을 쳐다봤어요. 하지만 패션 감각이 좋다거나 옷이 예쁘다는 말을 해 주는 사람은 아무도 없었지요. 하랑이 눈에는 정말 멋있는데 말이에요. 물론 모든 사람이 하랑이의 옷을 좋아해야만 하는 건 아니에요. 그래도 옷이 멋있다고 인정해 주는 존재가 있다니, 하랑이는 마음이 따뜻해지는 느낌이 들었어요.

"슝뚱! 바지도, 티셔츠도 스타일링이 완벽한데 양말은 빵점이다."

하랑이는 슝뚱의 몸에 묶었던 줄을 풀어 주었어요. 몸이 자유로워진 슝뚱은 자신의 양말을 뚫어지게 쳐다보았어요.

하랑이는 옷장에서 은색 줄무늬 양말을 꺼내 슝뚱한테 내밀었어요.

"패션의 완성은 양말이지."

슝뚱은 재빨리 하랑이가 준 양말로 갈아 신었어요. 양말만 바꿔 신었을 뿐인데 슝뚱의 얼굴이 더 환해 보였지요.

누가 모로라K를 흉내 내는가!

"슝까라? 미안하지만 나는 거기에 안 가. 경찰서에 신고는 안 할 테니 조심히 돌아가."

하랑이가 가방을 챙기면서 슝뚱한테 말했어요.

"왜? 슝뚜루뚱까라인들이 네 옷을 좋아한다니까! 나와 함께 가서 슝뚜루뚱까라인들한테 네가 옷을 어떻게 만드는지, 디자이너로서 너만의 철학은 무엇인지 이야기해 줘야지."

슝뚱의 눈이 튀어나올 만큼 커졌어요.

"나는 내가 살고 있는 현실이 가장 중요해. 슝뚜루뚱까라? 그곳이 어디인지는 모르겠지만 나는 앞으로 세상에서 가장 멋진 패션 디자이너가 될 거야. 그러려면 지금은 무엇보다 재활용 센터에 가서 좋은 재료를 찾는 게 더 중요해."

하랑이는 가방을 메고 현관문을 열었어요. 다급해진 슝뚱은 하랑이의 옷장에서 모자를 꺼내 머리에 푹 눌러쓰곤 하랑이 뒤를 따라갔어요.

"오로라K! 슝뚜루뚱까라인들의 사랑을 이렇게 내쳐서는 안 돼. 더군다나 내가 슝튜브 기자한테 너를 소개해 주기로 약속했단 말이야. 나는 약속은 꼭 지키는 슝뚜루뚱까라인이라고!"

슝뚱은 주변 사람들이 자신을 볼까 봐 고개를 푹 숙이곤 하랑이의 옆에 딱 붙어 속삭였어요.

"근데 말이야. 오로라K라니! 들을수록 멋진 호칭이긴 하다."

하랑이는 자신의 옷에 붙어 있는 K 로고를 보면서 중얼

거렸어요.

"맞아! 그 호칭만큼 네가 멋진 존재라니까! 그러니 어서
나와 함께 가자."

슝뚱은 하랑이를 열심히 설득했어요. 그때였어요.

"뭐야? 강하랑, 친구 생겼나 봐."

지나가던 아이들이 하랑이를 보곤 큰 목소리로 말했어
요.

"자기랑 취향이 비슷한 친구 하나 만들었나 보네. 둘이 똑 닮았다."

"강하랑은 특이한 것만 좋아하더니 친구도 특이하네. 그거 알아? 쟤네 할머니도 엄청 특이해. 본인을 무슨 여사님이라고 부르라고 하던데? 그리고 쟤는 아빠도 없……."

아이들은 마지막 말에선 작게 속삭였어요. 하지만 하랑이의 귀에까지 다 들렸지요. 하랑이는 평소처럼 못 들은 척하곤 지나가려고 했어요. 불편한 소리는 흘려버리면 그만이니까요.

그때 슝뚱이 재빨리 리모컨으로 홀로그램 화면을 띄웠어요. 슝뚱은 하랑이를 놀리던 아이들을 향해 '텔레파시 시스템'을 터치했어요. 그러자 아이들이 자신의 겨드랑이를 손으로 긁으며 어쩔 줄을 몰라 했어요.

"아하하! 간지러워! 내 옆구리!"

하랑이는 눈이 휘둥그레진 채 슝뚱과 아이들을 번갈아 보았어요.

"내가 텔레파시로 쟤네들한테 간지럼을 태웠어. 자신이

내뱉은 말엔 대가를 치러야지!"

 슝뚱이 하랑이를 보며 어깨를 으쓱했어요. 아이들이 당하는 모습을 지켜본 하랑이는 통쾌했지만, 또 한편으로는 기분이 좋지 않았어요. 누군가 괴로워하는 모습을 눈앞에서 보는 게 즐거운 일은 아니니까요.

하랑이는 홀로그램 화면을 터치해서 텔레파시 시스템을 멈췄어요. 그러곤 아이들 앞으로 가서 섰지요. 아이들은 텔레파시 시스템 때문에 정신이 반쯤 나가 있었어요.

"네가 잘해서 아빠가 있는 거야?"

하랑이는 아빠 이야기를 꺼낸 아이한테 다가갔어요.

"뭐?"

"네가 무슨 일을 잘해서 아빠가 있는 거냐고!"

"그게 무슨 소리야!"

"네가 잘해서 아빠가 있는 것도 아니면서, 아빠가 있다고 잘난 체하지 말라고. 그냥 그런 거야. 아빠가 있을 수도 있고, 없을 수도 있는 거라고. 외계인 친구가 있을 수도 있고, 없을 수도 있는 것처럼. 알았냐?"

하랑이는 아이들을 향해 씩씩하게 말하곤 슝뚱한테 돌아왔어요.

"슝뚱, 생각해 보니 그건 내가 잘한 거네."

"그게 뭔데?"

하랑이의 말에 슝뚱이 물었어요.

"너희 행성에 있는 외계인들이 내 옷을 좋아하는 건 다 내가 잘해서 그런 거라고. 맞지?"

"당연하지."

"그럼 내가 못 갈 것도 없네. 어쩌면 그곳도 내 현실이 아니겠어?"

하랑이와 슝뚱은 어느새 손을 맞잡고 집으로 향했어요.

"근데 엄마랑 박봉숙 여사님이랑 삼촌이 퇴근하고 집에 왔는데 내가 없어서 걱정하면 어떡하지?"

하랑이는 자기가 평소에 아끼던 물건들을 모두 가방에 챙긴 후, 스타일러 앞에서 고민했어요.

"걱정 마. 네가 다시 집에 돌아올 때까지 시간은 아주 잠깐만 흐를 테니까. 슝뚜루뚱까라의 시간과 지구의 시간은 다르게 흐르거든."

슝뚱이 의기양양한 표정으로 스타일러의 문을 열었어요.

"꺄아악!"

스타일러 안으로 들어간 하랑이는 처음 느껴 보는 속도에 깜짝 놀랐어요.

"아아악!"

슝뚱도 뒤이어 하랑이를 따랐지요. 스타일러의 문이 스
르륵 닫히고 하랑이네 집 시계는 오후 세 시를 가리키고
있었어요.

"우아!"

슝뚜루뚱까라에 도착한 하랑이는 슝뚱의 실험실에서 눈을 뗄 수 없었어요. 필요에 따라 움직이는 최첨단 로봇 의자와 번쩍이는 기계들은 하랑이가 생전 처음 보는 것들이 었거든요. 더욱 놀라운 사실은 커다란 화면에 떠 있는 영상이 모두 오로라K와 관련된 영상이라는 것이었지요. '분석! 오로라K 옷의 비밀!', '오로라K 옷의 매력 포인트', '오로라K처럼 옷을 입어 보아요', '예측! 다음으로 나올 오로라K 디자이너의 옷은?' 등등 다양한 제목이 달린 수많은 영상이 화면을 가득 채웠어요.

"이게 다 뭐야?"

하랑이는 올라가는 입꼬리를 붙잡으며 물었어요.

"뭐긴 뭐겠어. 오로라K의 옷을 입고 싶다는 슝뚜루뚱까라인들의 간절한 소망이지!"

슝뚱은 하랑이한테 383,720개의 오로라K와 관련된 영상들을 보여 주었어요. 슝뚱이 하랑이를 데려오기 위해 지구에 갔던 시간 동안 올라온 영상들이었지요. 그때 영상을

살피던 슝뚱과 하랑이의 눈이 같은 곳에서 멈췄어요.

[단독] 오로라K와 긴급 인터뷰 진행!

마이크를 든 기자가 K 로고가 박힌 가면을 쓴 누군가와 생방송 인터뷰를 진행하고 있었어요.

"오로라K는 여기에 있는데 이게 무슨 말이지?"

슝뚱이 고개를 갸웃거리며 영상을 터치했어요.

"안녕하세요! 시청자 여러분, 다음 주로 예정되어 있던 오로라K의 인터뷰를 오늘 진행하게 되었습니다. 바로 오로라K가 저희한테 직접 연락을 주었기 때문인데요. 지금 바로 오로라K를 만나 보겠습니다!"

기자는 가면을 쓴 가짜 오로라K를 슝뚜루뚱까라인들한테 소개했어요. 가짜 오로라K는 슝뚱이 입고 있는 옷과 비슷한 디자인의 옷을 입고 있었지요.

"만나게 되어 반갑습니다. 저는 이 옷을 직접 만든 오로

66

라K입니다. 옷을 만들 때 나만의 특별함을 담아야 한다는
게 제 고집이지요. 이 옷들은 그냥 만든 게 아니고 한 벌
한 벌마다 의미와 노력이 담겨 있어요. 여러분들이 제 옷
의 가치를 알아봐 주셔서 무척 기쁘네요."

가짜 오로라K는 자신이 만들었다고 주장하는 옷들을 하
나하나씩 보여 주었어요.

"이 옷은 어깨를 강조하기 위해 만든 '어깨 으쓱 룩'입니다."

"이 옷은 빛이 번지는 모습을 무늬로 표현한 점프 슈트입니다."

가짜 오로라K는 능숙하게 각 옷에 대해 설명을 했어요.

"저건 분명히 내가 만든 옷인데?"

영상을 본 하랑이는 너무 놀라서 눈이 튀어나올 듯 커졌어요.

"그러니까! 오로라K는 넌데, 저 녀석은 누구지?"

슝뚱의 얼굴도 빵빵하게 부풀어 올랐어요.

"제 옷을 널리 알려 주신 슝뚱 씨한테도 감사의 마음을 전합니다."

가짜 오로라K는 옆에 서 있던 또 다른 슝뚱한테 감사 인사를 건넸어요.

"저 슝뚱은 누구야?"

하랑이는 화면 속 슝뚱과 지금 옆에 서 있는 슝뚱을 번갈아 쳐다보았어요.

"말도 안 돼! 설마 딥페이크 기술로 나를 만들어 낸 거야? 저건 가짜야! 진짜 슝뚱은 나라고!"

슝뚱은 마구 침을 튀기며 화를 냈어요.

"맞아! 내가 진짜 오로라K라고!"

하랑이도 그 옆에서 함께 주먹을 불끈 쥐었어요.

하랑이만의
패션 철학

"저 녀석 누구야! 내 옷을 훔쳐서 나를 흉내 내다니!"

하랑이는 콧김을 씩씩 뿜어냈어요. 물론 하랑이의 말이 가짜 오로라K한테 들릴 리는 없었지요. 슝뚱은 지금 일어나고 있는 상황을 믿을 수 없었어요.

'어떻게 이런 일이 벌어진 거지? 내가 오로라K를 지구에서 데리고 온 사이에 가짜 오로라K가 내 실험실로 침입해서 옷들을 훔쳐 갔나? 아니면 또리 298의 오류로 지구 어딘가에 있는 또 다른 스타일러와 연결이 되었나? 내 얼

굴이 복사된 것은 뭐고, 도대체 어떻게 된 거지?'

슝뚱은 상황을 정확히 이해하기 위해 홀로그램 화면을 띄운 후, 또리 298의 기록을 열심히 찾아보았어요. 하지만 이미 슝뚱의 실험실과 연결되어 있는 또리 298이 다른 곳과 연결되어 있을 리는 없었지요.

하랑이는 화나고 억울해서 얼굴이 빨개졌어요. 하랑이가 제작한 옷들은 하랑이가 살아온 인생 중, 10년이 고스란히 담긴 소중한 것들이에요. 단 한 벌도 대충 만든 적이 없어요. '어떻게 하면 예쁠지', '어떻게 하면 남들과 다른 나만의 옷을 만들 수 있을지' 매번 고민했다고요. 별무늬 하나도 각도와 크기까지 얼마나 고심을 한 끝에 완성한 건데요! 그런데 이렇게 열심히 만든 작품을 훔쳐 가고선 목소리 하나 떨리지 않고 뻔뻔하게 인터뷰를 하다니, 절대 용납할 수 없어요! 하랑이는 오로라K라는 이름을 되찾기로 마음먹었어요.

"나도 방송할래! 저 도둑을 잡아야겠어!"

하랑이가 큰 소리로 외쳤어요.

"뭐?"

하랑이의 말을 들은 슝뚱의 콧등에 주름이 잡혔어요.

"내가 진짜 오로라K라는 걸 밝혀야겠어. 나도 생방송에 나가 가짜 오로라K의 코를 확 눌러 줄 거야. 내가 진짜라는 사실만 밝히면 되잖아?"

하랑이는 그 어느 때보다 확신에 찬 표정을 지었어요.

"그렇지만 하랑아, 진실을 밝힐 방법이 있어?"

하랑이의 당당한 포부에 놀란 슝뚱이 조심스레 물었어요.

"내가 누구야. 재봉틀로 세상을 접수한 박봉숙 여사님의 유일한 손녀이자 슝뚜루뚱까라인들이 첫눈에 반한 옷을 만든 오로라K야. 걱정 말고 방송이나 켜!"

하랑이의 말에 슝뚱이 세차게 고개를 끄덕였어요. 하랑이의 위풍당당한 말투와 자신감이 넘치는 표정에서 신뢰가 느껴졌거든요.

[특종!] 진짜 오로라K 등장!
지금까지 알려졌던 오로라K는 가짜!

슝뚱은 슝튜브에서 실시간 방송을 시작했어요. 많은 슝뚜루뚱까라인들의 관심을 끌기 위해 슝까라그램에도 동시 접속하여 하랑이의 방송을 홍보했지요. 실시간 방송에는 금세 접속자 수가 늘어났어요.

"안녕하세요, 슝뚜루뚱까라 행성 친구들! 저는 지구에서

└ 마리뚱: 진짜 오로라K? 그럼 앞에 인터뷰를 했던 자는 누구란
　　　　말임뚱?

└ 슝팬: 오로라K가 둘이 됐뚱! 뭐라고 하는지 지켜보자!

└ 뚱뚜리: 지구? 거기가 어디야? 강하랑? 이름도 이상하다뚱.

　　　　저 외계인의 말을 어떻게 믿냐뚱?

온 강하랑, 진짜 오로라K라고 해요!"

하랑이의 말이 끝나자 채팅 화면에는 수많은 댓글이 달렸어요. "슝뚜루뚱까라에서는 말끝에 '뚱'을 붙이는 것이 유행인가 봐요. 재밌다뚱! 지구는 제가 사는 행성 이름이에요. 슝뚜루뚱까라처럼 멋진 행성이지요. 그리고 저는 누가 뭐라고 해도 가짜 오로라K와는 비교할 수 없는 진짜 오로라K입니다."

그때 슝뚱의 실시간 방송을 지켜보고 있던 가짜 오로라K가 보란 듯이 말을 되받아쳤어요.

"존경하는 슝뚜루뚱까라 여러분, 어디서 온지도 모르는 이상한 외계인의 말을 믿으시는 건가요? 제가 진짜 오로라K입니다! 제 옆에 슝뚱도 있잖아요."

가짜 오로라K의 말을 들은 슝뚱의 코에서는 뜨거운 콧김이 뿜어져 나왔어요.

"여러분 제가 진짜 슝뚱이에요. 모두 아시죠? 과학자이자 주방장인 슝뚱! 제가 오로라K를 인터뷰할 수 있도록 소개해 드린다고 약속했잖아요. 바로 이 친구가 제가 데리고 온 진짜 오로라K입니다. 저 인터뷰 화면 속에 있는 슝뚱은 딥페이크로 만들어진 가짜예요!"

슝뚱은 하랑이 옆으로 재빠르게 끼어들어 마구 소리쳤어요.

  └넘버원뚱: 슝뚱? 진짜 슝뚱 맞아?
  └무슝: 슝뚱이랑 똑같은 옷을 입은 가짜 같뚱?
  └고고슝: 저게 가슝이다! 가짜 슝뚱! 지난번 인터뷰에서 봤던
     슝뚱과 말투가 미묘하게 다르다뚱.

하지만 슝뚜루뚱까라인들은 슝뚱의 말을 믿지 않았어요. 채팅 화면으로 슝뚜루뚱까라인들의 반응을 확인한 하랑이는 마음이 초조해지기 시작했어요.

"여러분, 누가 진짜이고 가짜인지 관심이 많으시군요! 그럼 이건 어때요? 진짜 오로라K를 가리기 위한 즉흥 패션 대결!"

하랑이의 제안에 채팅 화면이 뜨겁게 달아올랐어요. 모두가 패션 대결을 환영했지요. 슝뚱은 홀로그램 화면을 몇

번 터치하더니 하랑이와 가짜 오로라K의 화면을 하나로 합쳤어요. 슝뚜루뚱까라인들은 하나의 화면에서 둘을 동시에 볼 수 있게 되었지요.

"오로라K한테 덤비다니 쉽지 않을 텐데요. 한번 해 보죠."

가짜 오로라K는 잠시 당황한 것처럼 보였으나 금세 목소리를 가다듬고 대답했어요.

"즉흥으로 옷을 만들어 옆에 있는 슝뚱한테 입혀 보기로 해요. 나는 이미 다 준비가 됐다고요."

하랑이는 가방에서 준비해 온 자신의 보물들을 꺼냈어요. 재활용 센터에서 저렴한 가격에 구매한 옷들, 양면테이프, 반짇고리, 가위 등 하랑이가 평소 옷을 만들 때 사용하는 재료들이었어요.

└막뚱이: 우아, 뭔가 있어 보임뚱!
└왕재미슝: 오 재밌는 일이 벌어질 것 같뚱.

"제한 시간은 십오 분으로 해 볼까요?"

하랑이가 경기의 방법을 제안했어요.

"좋아요! 저에게는 아주 넉넉한 시간이네요."

가짜 오로라K도 여유 있는 말투로 응했어요

시작을 알리는 알림과 함께 하랑이와 가짜 오로라K는 분주하게 움직였어요.

'슝뚱은 머리가 크고 다리가 짧은 체형이지. 이럴수록 짧은 다리를 숨기려고 하면 단점이 더 부각되어 보인다고!'

하랑이는 콧노래를 흥얼거리면서 슝뚱의 체형을 분석하기 시작했어요. 그러곤 슝뚱한테 어울릴 만한 청바지를 골라 과감하게 가랑이 사이를 가위로 찢었어요. 누가 보면

방귀를 크게 뀌어서 엉덩이 부분이 터진 줄 알 거예요.

└고고슝: 뭐야! 바지를 가위로 찢고 있잖아? 완멋! 완전 멋있뚱!
└슝방: 저렇게 옷을 만드는 방법은 처음 보는데? 충격! 꿈에 삼
　　　 일동안 나오겠음.

슝뚜루뚱까라인들은 하랑이를 신기하게 바라보았어요. 반짇고리에서 초록색 줄 하나를 꺼낸 하랑이는 청바지의 찢어진 가랑이 부분을 벌려 공간을 확보한 후, 줄로 연결했어요. 바늘에 실을 꿰어 바느질도 했지요. 줄은 나시의 끈처럼 어깨 부분을 연결해 주었어요.
　이번에는 청바지의 허리 부분에 검은색 천을 덧대었어요. 바느질하기엔 시간이 부족하니 양면테이프를 붙였지요. 바지 밑단은 허벅지 부분까지 양옆을 찢어서 멋진 부츠 모양으로 만들었어요.
　"여러분, 이게 윗옷이에요. 청바지를 개조해서 만든 윗옷으로, 바지의 엉덩이 부분이 몸통을 감싸 준 것이고요.

80

다리 부분은 팔이 되었답니다. 바지의 가랑이 사이를 연결한 줄은 어깨끈이 된 거죠!"

하랑이는 또다시 청바지 하나를 꺼내 들었어요. 이번에는 밑단을 슝뚱의 다리 길이에 맞게 자른 후, 바지 전체에 세로줄 무늬를 그려 넣었어요. 순식간에 모든 옷을 완성한 하랑이가 슝뚱한테 옷을 내밀었어요. 슝뚱이 탈의실에서 옷을 갈아입고 나오자 하랑이가 고개를 끄덕이며 만족스럽게 웃었어요.

"이 옷은 슝뚱의 체형에 맞춘 옷이에요. 슝뚱은 목이 짧고 배가 조금 나온 편이죠. 슝뚱의 어깨를 드러내서 최대한 목이 길어 보이고, 검은색 천으로 배를 감싸서 배가 들어가 보이게 만들었습니다. 바지에는 세로줄을 그려서 다리를 더욱 길어 보이게 디자인 했고요."

하랑이는 자신이 만든 옷을 위풍당당하게 설명했어요. 슝뚱은 거울에 비친 자신의 모습이 마음에 들었는지 옷을

구석구석 살피느라 바빴지요. 그 모습을 실시간으로 지켜
보던 시청자들의 반응은 난리가 났어요.

가짜 오로라K의
정체를 입증하라!

가짜 오로라K는 홀로그램 화면을 띄운 후, 무언가를 입력하기 시작했어요. 그러자 옆에 있던 3D 프린터기가 작동하더니 금세 결과물을 내놓았어요. 노랑, 초록, 주황, 빨강, 보라 순서대로 형광빛이 도는 티셔츠였지요. 가슴 아래에는 가위질을 한 것처럼 줄이 주렁주렁 매달려 있었고요. 별 모양 장식이 달린 흰색 바지도 함께 만들어졌어요.

"제가 만든 옷을 입으면 밝은 색깔 덕분에 입는 사람의 얼굴 또한 환해지게 만들 수 있습니다. 또한 티셔츠에 줄을 달아서 전체적으로 몸이 길쭉해 보이는 효과도 있지요.
바지에는 별 모양 장식을 넣어서 밋밋해 보이지 않도록 신
경을 썼습니다."

가짜 오로라K도 자신이 만든 옷을 거침없이 설명했어요.

└→뚱까라공주: 우아, 옷이 삼 초 만에 나왔뚱!

└→라뚱쓰: 색깔이 화려한 게 최고다! 되게 멋진데?

└→스페이스슝: 바지도 깔끔하면서 강렬하다뚱!

그 모습을 지켜보던 슝뚜루뚱까라인들은 제각각 놀라움
을 표현했어요. 3D 프린터기에서 옷을 꺼낸 가짜 오로라K
는 자신이 만든 옷이 만족스러운지 계속 사진을 찍었어요.

잠시 후, 가짜 슝뚱이 가짜 오로라K가 만든 옷을 입고
등장했어요.

└→슝마마: 슝뚱이랑 정말 잘 어울린다뚱!

└→무슝: 옷 만드는 방법이 간단해 보여!

시청자들이 가짜 오로라K의 옷에 큰 관심을 보이자 하랑이의 얼굴이 붉으락푸르락해졌어요.

"내가 저 옷들을 분명 어디서 봤는데……."

슝뚱이 고개를 갸웃거리며 말했어요.

"슝뚱! 딱 보면 몰라? 내 옷을 짜깁기한 거잖아. 형광 재킷과 줄 티셔츠를 합쳤고, 티셔츠에 달았던 별 모양 장식을 바지에 단 거야. 새롭게 만든 게 아니라 내가 만들어 놓은 것들을 한 번에 뒤섞은 거라고!"

하랑이의 대답에 슝뚱이 고개를 끄덕였어요.

"실험실에 있던 하랑이의 옷들을 가짜 오로라K도 모두 갖고 있었어. 분명 인터뷰를 할 때는 옷들이 행거에 걸려 있어서 방송에 공개되지도 않았는데……. 그렇다면 딥페이크 기술을 사용한 것도 아니고, 혹시! 곧 상용화된다는 투시 시스템을 사용한 건가? 그러면 뚜까가……."

가만히 생각하던 슝뚱의 눈이 휘둥그레졌어요. 그러곤 하랑이의 귀에 비밀스럽게 소곤댔지요. 하랑이는 슝뚱의 말을 들으며 입술을 잘근잘근 씹었어요.

"진실을 밝힐 방법이 분명히 있을 텐데……."

하랑이는 번뜩이는 아이디어가 떠올랐는지 눈을 동그랗게 뜨고 입술을 쭉 내밀었어요. 그러곤 슝뚱에게 무언가를 부탁했어요. 슝뚱은 아무도 모르게 자기만의 비밀 공간으로 들어가더니 무언가를 만들어 품에 숨겨 나왔어요.

하랑이는 슝뚱에게 물건을 받아 잽싸게 가방 안에 넣고 가방 안에 있던 또 다른 물건을 꺼내 슝뚱에게 건넸어요.

공중에서 마주친 하랑이와 슝뚱의 눈빛이 날카롭게 빛났지요.

"휴, 다 끝난 건가요?"

심호흡을 한 하랑이가 가짜 오로라K한테 물었어요.

"그럼요. 자신이 진짜 오로라K라고 주장하는 분도 다 만드신 건가요? 그럼 이제 슝뚜루뚱까라인들한테 투표를 해 달라고 하죠?"

가짜 오로라K는 오히려 하랑이를 가짜로 몰아갔어요.

"잠깐만요! 저는 안 끝났어요. 아직 옷이 완성된 게 아니에요. 누가 이 옷을 만들었는지 모든 분들한테 확실히 알려 줘야 하지 않겠어요? 그러기 위해서는 옷에 로고를 달아서 옷 제작 과정에 마침표를 찍어야 한답니다. 저는 이 과정을 통해 제가 진짜 오로라K라는 것을 확실히 보여 줄 수 있어요. 가짜 오로라K도 로고를 만들 수 있나요?"

하랑이는 당당하게 외쳤어요. 그러곤 가방이 화면에 잘 비치도록 앞에 놓았어요. 가방에서 오로라K 로고를 꺼낸 하랑이는 실과 바늘을 이용해 슝뚱이 입고 있는 옷의 끝부분에 달았어요. 하랑이가 로고를 달자 숭뚱은 제자리에서 휘리릭 한 바퀴를 돌았어요.

"지금은 미리 만들어 둔 로고를 다는 모습을 여러분께 보여 드렸는데요. 지금부터 이 로고를 어떻게 만드는지 방법을 공개하겠습니다."

하랑이는 가방에서 은박지와 검은색 펜을 꺼냈어요. 그러곤 은박지를 세 번 접어 작은 네모 모양을 만들었어요. 반면 그 모습을 지켜보던 가짜 오로라K는 허둥거리며 홀로그램 화면을 터치했어요. 명령어를 계속 입력했지만 옆에 설치된 3D 프린터기에서는 계속 오류가 발생했다는 말만 들려왔지요.

ㄴ찐찐: 앗! 오로라K한테 오류가 발생했뚱!

ㄴ막뚱이: 그러고 보니 오로라K가 만든 옷, 어딘가 익숙하지 않
　　　　아?

ㄴ넘버원슝: 3D 프린터기로 출력하지 말고 직접 만들 수는 없나?

　하랑이와 가짜 오로라K의 대결을 지켜보던 시청자들은 혼란스러워했어요.

　"은박지로 로고를 만드는 방법은 제가 오랫동안 고민해서 찾아낸 방법입니다. 은박지에 무언가를 해야지만 오로라 빛이 나죠. 그리고 일정한 크기를 맞추기 위해서는 반드시 두 번도, 네 번도 아닌 딱! 세 번 접은 은박지가 필요합니다. 그다음 순서로 은박지에 무엇을 해야 하는지, 가짜 오로라K 씨도 당연히 아시겠죠?"

　하랑이가 당당히 은박지를 접어 보였어요. 그 순간 주변을 두리번거리던 가짜 오로라K가 특수한 기계 하나를 가지고 와서 자신의 눈앞에 가져다 댔어요. 그 모습이 마치 망원경으로 무언가를 보는 것 같았지요. 가짜 오로라K가

기계를 조작하자 옆에 있던 3D 프린터기에서 새로운 물건이 나타났어요. 바로 은박지와 라이터였지요.

└숑이언니: 저건 뭐뚱?
└오마이숑: 저걸로 로고를 만드는 거야?

상황을 지켜보던 숑뚜루뚱까라인들이 채팅 화면을 질문으로 가득 메웠어요. 그러자 숑뚱과 하랑이의 입꼬리가 살짝 올라갔어요.

"네, 당연히 알고 있죠! 로고는 바로 이것으로 만듭니다. 은박지를 세 번 접고, 라이터로 살살 열을 가하면! 앗 뜨거워!"

라이터 불에 손을 데인 가짜 오로라K는 은박지를 놓치고 말았어요. 다시 주운 은박지는 까맣게 타 있었지요.

"맞아요. 은박지에 열을 가해서 오로라 빛이 나는 로고를 만든답니다. 그런데 저는 라이터를 쓰지 않아요. 라이터는 아주 위험한 물건이니까요. 저는 대신 이 고데기! 박봉숙 여사님께 물려받은 고데기를 사용합니다. 이 고데기로 열을 가하면 오로라 빛이 나죠!"

하랑이는 그제야 슝뚱한테 맡겨 두었던 고데기를 가져와 은박지에 오로라 빛을 내는 과정을 보여 주었어요. 그러자 댓글이 빠른 속도로 올라왔어요.

┗막뚱이: 우아! 진짜 오로라 빛이다뚱! +.+
┗샤라슝: 지구인이 진짜 오로라K였네!

진짜 오로라K가 누구인지 알게 된 시청자들의 반응이 화면에 가득 넘쳐 났어요.

"우리는 가방에 일부러 라이터를 넣어 놓았어요. 가짜 오로라K가 사용한 기계가 바로 과학자 뚜까 씨가 최근에 개발을 완료하여 곧 상용화할 예정인 투시 시스템이라는 것을 알았거든요. 투시 시스템을 사용한 가짜 오로라K는 분명 우리의 가방 속을 투시해서 물건을 복사했을 거예요. 복사는 손쉬운 일이니까요. 그런데 복사한 물건이 가짜라

는 것은 몰랐겠지요?"

슝뚱의 말에 시청자들의 환호성이 실험실 안까지 들리
는 것 같았어요.

가짜 오로라K! 그는 누구?

"아니야! 다 거짓말이야!"

가짜 오로라K는 가면 속에 숨어서 마구 소리쳤어요. 침까지 튀겨 가면서요.

그때였어요. 가짜 오로라K의 실험실 문이 열리고 누군가 나타났어요.

"자네 지금 무슨 짓을 하는 건가!"

그는 가짜 오로라K를 향해 고함을 질렀어요.

"어? 뚜까다!"

슝뚱은 뚜까를 한눈에 알아봤어요.

"뚜까라면 투시 시스템을 만든 과학자를 말하는 거야?"

"맞아."

하랑이의 질문에 슝뚱이 고개를 끄덕였어요.

뚜까의 얼굴을 본 가짜 오로라K는 놀라서 뒷걸음질을 치다 뒤로 넘어지고 말았어요. 뚜까는 가짜 오로라K의 가면을 거침없이 벗겼지요.

"어? 저 친구는 뚜까의 조수인데? 이번에 투시 시스템을 개발할 때 뚜까의 일을 도와주었다고 들었어."

그때 실시간으로 이 상황을 모두 지켜보던 시청자들은 앞다퉈 댓글을 달았어요.

└→뚱미남: 뭐야, 투시 시스템을 만든 과학자의 조수가 투시 시스템을 악용한거야?

└→슝토스: 투시 시스템은 환자들이 수술을 받을 때 환자의 몸속을 정확히 들여다보기 위해 개발한 것이잖아?

└→슝레트박: 성공적으로 개발한 기술을 나쁜 일에 사용하다니!

"우리가 어렵게 개발한 투시 시스템을 이렇게 악용할 수 있는 거야? 이제 곧 의료계에서 사용될 기술인데 말이야! 이 기술이면 치료의 정확성을 백 퍼센트로 끌어올릴 수 있는 혁명적인 기술이라는 걸 자네도 알고 있지 않은가?"

뚜까는 그동안의 노력이 헛된 곳에 사용되었다는 생각에 눈물을 뚝뚝 흘렸어요.

"기술 하나를 개발하는 일이 무척 힘들다는 건 나도 잘 알지. 그 노력이 물거품이 될 수도 있는 상황이라면 눈물이 펑펑 날 거야. 그럼!"

슝뚱은 안타까운 표정으로 뚜까를 바라보았어요.

"저렇게 기술을 악용한 사례가 밝혀지면 그 이후에 기술을 쓸 수 없어?"

하랑이가 궁금한 표정으로 물었어요.

"당연하지. 나쁘게 쓰일 수 있다는 걸 아는데 어떻게 계속 기술을 쓸 수 있겠어."

슝뚱이 고개를 끄덕였어요.

"왜? 나쁘게 못 쓰도록 다 같이 노력하면 되잖아? 세상

의 모든 기술이 다 좋은 점만 있는 건 아니니까. 어쩌면 가짜 오로라K가 내 옷을 짜깁기한 것도 하나의 기술이 될 수 있어. 물론 그게 짜깁기란 걸 공개하고 활용해야겠지만 말이야. 활용만 잘하면 아이디어를 정리할 때 도움이 될 것 같은데?"

ㄴ슝뽀리: 맞아, 왜 못 씀? 쓸 수 있어야 하는 거 아님뚱?

ㄴ쿵슝: 나쁘게 쓰는 슝뚜루뚱까라인들이 문제이지, 기술은 나쁜 것은 아니지뚱? 못 쓰게 하면 슝뚜루뚱까라 행성에 발전이 없어서 더 큰 문제가 될 거야.

ㄴ슈뚜미: 무조건 좋기만 한 기술이 없는 건 확실하다뚱! 그러니 잘 사용하려고 끊임없이 노력을 해야 하는 거다뚱!

시청자들은 슝뚱과 하랑이의 대화를 듣곤 각자 자신의 의견을 내놓았어요.

그때 가짜 오로라K의 실험실로 들이닥친 경찰들이 가짜 오로라K를 체포했어요. 뚜까도 경찰한테 도움을 주기 위해 함께 경찰서에 가기로 했지요. 화면에는 딥페이크로 만들어진 슝뚱만 덩그러니 남아 있다가 사라졌어요. 실시간으로 범죄 현장을 지켜보던 시청자들은 그제야 하랑이와 진짜 슝뚱한테 집중했어요.

└짱뚱이: 씁쓸하기긴 하지만 이 말은 꼭 해야겠뚱, 슝뚱이 입은
　　　오로라K의 옷은 정말 최고다뚱.^^
└샤라슝: 세상에서 단 하나뿐인 옷을 만드는 오로라K!
└고고슝: 우리도 오로라K의 옷을 입고 싶다뚱!♡
└찐찐: 무엇이 진짜이고, 가짜인지 가릴 수 없을 때면 오로라K가
　　　떠오를 것 같다뚱. 까딱하다 가짜 오로라K한테 속아 넘
　　　어갈 뻔 했는데 멋지게 진실을 밝혀 줘서 고맙다뚱!ㅠㅠ

　채팅 화면을 지켜보던 하랑이의 입꼬리가 자꾸만 씰룩거렸어요.
　"모두 감사해요. 앞으로 그 누구도 따라올 수 없는 저만의 옷을 만들기 위해 노력할 거예요!"

하랑이가 설레는 표정으로 모두한테 감사 인사를 건넸어요.

'그래! 오로라K가 만든 옷은 세상에서 딱 하나지. 딥 러닝 기술로 습득한 AI는 지금까지 저장된 데이터만 모아서 계속 비슷한 것을 만들어 내거든. 그런데 오로라K는 저장된 데이터와 다른 옷을 계속 만드니까, 누가 오로라K를 따라잡겠어? 그건 강하랑만 할 수 있는 일이지.'

슝뚱은 자신의 옷을 쓰다듬으며 고개를 끄덕였어요.

시청자들한테 응원과 칭찬을 받은 하랑이는 더 이상 참을 수 없다는 듯 크게 외쳤어요.

"다들 저를 좋아해 주시니까 제가 이곳에 패션숍을 차려 보겠습니다. 관리는 슝뚱이 해 줄 거고요. 한 달에 한 번씩 손님들에게 어울리는 옷을 만들어 드리고 서비스로 코디까지 해 드리죠!"

하랑이의 말에 시청자들의 환호성이 쏟아져 나왔어요.

잠시 후, 스타일러의 문이 열리고 하랑이와 슝뚱은 하랑이네 집, 거실로 나왔어요. 시계는 오후 네 시를 가리키고 있었지요. 슝뚜루뚱까라에서 아주 오랫동안 있었던 것 같은데 지구의 시간으로는 한 시간밖에 흐르지 않은 거예요.

"와, 정말 네 말대로 슝뚜루뚱까라의 시간과 지구의 시간은 다르게 흐르는구나?"

하랑이는 슝뚱을 향해 엄지를 추켜올렸어요.

"물론이지! 오로라K, 한 달 뒤에 데리러 올게. 지구의 시간으로는 일주일 뒤가 되겠군! 네가 직접 말을 한 거니까 약속은 꼭 지켜야 해."

"걱정하지 마. 이제 슝뚜루뚱까라도 내 현실이라고!"

하랑이는 눈을 찡긋하며 슝뚱한테 윙크를 날렸어요.

에필로그
숨뚜루뚬까라의 핫한 패션숍

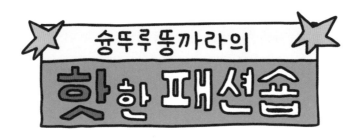

숭뚱은 실험실 옆에 패션숍을 차렸어요. 물론 디자이너는 '오로라K'이지요.

숭뚜루뚬까라인들은 잘 모르지만 실험실과 패션숍 사이에는 오로라K의 작업실도 있어요. 이 작업실은 오로라K가 옷을 만들고 싶을 때면 언제든 스타일러를 타고 들어와서 작업을 하는 공간이지요. 그러다 숭뚜루뚬까라인들과 약속한 시간이 되면 패션숍의 문을 활짝 열어요.

오늘의 첫 손님은 목이 긴 슝뚜루뚱까라인이에요.

"손님은 긴 목이 참 매력적이시네요. 목이 잘 보이는 옷을 입는다면 더 매력적으로 보일 것 같아요."

손님은 괜스레 목을 한 번 더 길게 빼 보았어요.

하랑이는 반짇고리를 펼쳐 놓곤 손님한테 잘 어울릴 것 같은 옷을 뚝딱뚝딱 만들기 시작했어요. 노란색 천과 갈색 천을 잘라 꿰매니 곧 기린의 얼룩점 무늬 천이 완성됐지요. 하랑이는 천을 둥그렇게 이어 붙여서 목 폴라를 완성했어요. 그러곤 흰색 와이셔츠와 목 폴라를 손님한테 내밀었어요.

"포인트가 정확히 살아 있는 옷이에요. 혹시라도 격식을 갖춰야 하는 자리에 가신다면 흰색 와이셔츠와 함께 입으셔도 좋겠어요."

하랑이는 또 흰색 천과 검은색 천을 가져와 가느다랗게 자른 후, 차례대로 이어 붙였어요. 조화롭게 배치된 줄무늬 천이 완성되자 하랑이는 얼룩말 무늬 목 폴라를 만들었어요. 목이 긴 손님은 그동안 다른 친구들보다 자신의 목이 도드라지게 길어서 마음에 들지 않았어요. 하지만 하랑이가 만든 옷을 입자 자신의 목이 멋지게 느껴졌어요.

"기다란 목을 가지고 있는 것도 괜찮은 것 같아요. 오로라K 감사해요!"

손님은 오로라K한테 감사 인사를 건네고 옷을 들어 슝뚱한테로 갔어요. 옷을 건네받은 슝뚱은 오로라K의 옷을 '힙하게 저장한다'에 넣었어요. '힙하게 저장한다'는 옷을 스캔해 디자인을 저장하는, 슝뚱이 만든 기계였어요.

"이 옷은 슝뚜루뚱까라에 단 하나뿐인 옷으로 당신을 위한 옷이에요. 옷이 손상되거나 잃어버릴 때를 대비해 디자인을 저장해 두었으니 옷에 문제가 생기면 다시 오세요. 옷이 당신을 기다리고 있을 거예요."

슝뚱은 투명한 손으로 경례하는 시늉을 했어요. 목이 긴 손님은 행복한 웃음을 지으며 집으로 돌아갔지요.

패션숍을 찾은 두 번째 손님은 발목이 무척 가늘었어요.

"손님의 가는 발목을 매력적으로 보여 줄 수 있는 옷을

만들어야겠어요.”

하랑이는 지구에서 가져온 옷들 중 무늬가 없는 바지 두 개를 골랐어요. 바지 하나를 집어 톱니바퀴 모양으로 밑단을 잘라 냈어요. 뾰족뾰족한 바지 밑단이 발목을 더욱 빛나 보이게 해 주었지요.

다른 바지 하나는 밑단에 고무줄을 덧끼운 후, 당겨서 조였지요. 풍선처럼 빵빵해진 다리 덕에 손님의 발목은 더욱 가늘어 보였어요.

“손님, 이 두 개의 바지를 번갈아 가며 입어 보세요. 위에 짧은 티셔츠를 입으면 더 예뻐 보일 거예요.”

하랑이의 코디에 만족한 두 번째 손님이 함박웃음을 지었어요. 이번 손님도 슝뚱을 찾아가 ‘힙하게 저장한다’에 디자인을 저장해 놓고 집으로 돌아갔지요.

“하랑아, 아직도 대기 시스템에 접수된 손님이 엄청나게 많아! 이름처럼 슝뚜루뚱까라에서 가장 핫한 패션숍이 됐다니까!”

슝뚱이 열심히 옷을 만들고 있는 하랑이한테 말했어요.

"정말? 내 옷을 좋아하고 인정해 주는 슝뚜루뚱까라인 들이 이렇게 많을 줄이야! 나도 감동이야. 세상에서 가장 멋진 디자이너가 되는 게 내 꿈이었는데 벌써 꿈이 이루어 졌잖아?"

하랑이가 고데기로 K 로고를 만들면서 중얼거렸어요.

"네 옷이 만족 테스트기에서 왜 '측정 불가'였는지 이제 완전히 이해했어."

슝뚱이 말했어요.

"왜?"

"만족 테스트기에는 네 옷에 대한 데이터가 없거든. 그 동안 쌓인 데이터가 있어야 별점을 줄 수 있는데 넌 매번 새로운 옷을 만들어 내니까 별점이 나올 리가 없지."

슝뚱이 마구 고개를 끄덕였어요.

"훗. 그게 바로 내 성공 비결이야!"

하랑이는 홀로그램 화면에 뜬 대기자 수를 보며 씨익 웃 었어요.

"하랑아, 이거!"

집으로 돌아갈 준비를 하는 하랑이한테 슝뚱이 작은 봉투를 내밀었어요.

"이게 뭔데?"

"네 옷에 대한 슝뚜루뚱까라인들의 마음. 슝뚜루뚱까라의 모든 명소들을 갈 수 있는 자유 이용권 같은 거야. 이거 들고 슝뚜루뚱까라 행성을 만끽하라고!"

슝뚱의 말에 하랑이의 눈이 휘둥그레졌어요.

"지금 지구의 시간은 얼마나 흘렀어?"

"한 삼십 분쯤?"

"그럼 잠깐만 놀고 갈까?"

하랑이는 자유 이용권을 챙긴 후, 〈슝뚜루뚱까라의 핫한 패션숍〉의 문을 열고 밖으로 나갔어요. 〈슝뚜루뚱까라의 핫한 음식점〉에 가서 맛있기로 소문난 양파 크림 푸딩을 먹었고, 기억 저장소에 가선 슝뚜루뚱까라인들이 저장해 둔 다양한 기억을 즐겁게 관람했어요. 그다음에 간 고대 탐험관에서는 아주 먼 옛날에 멸종된 공룡 브라키오사우루스한테 먹이를 주는 체험도 했어요.

하랑이는 승뚜루뚱까라 행성 이곳저곳을 신나게 돌아다니느라 시간이 가는 줄도 몰랐어요. 그러다 승뚱한테 잡혀 다시 집으로 돌아갈 준비를 했지요.

"승뚱! 나 다음 달에는 못 와. 가족여행을 가거든."

"박봉숙 여사님이랑, 삼촌이랑, 엄마랑?"

"아니, 박봉숙 여사님이랑 단둘이 가는 여행."

승뚱은 하랑이의 대답을 듣고 히죽 웃었어요. 하랑이와 이렇게 일상 이야기를 할 수 있다는 게 참 기뻤거든요.

"맞다. 승뚱! 나 이제 줄 티셔츠는 절대 안 입을 거야."

"왜?"

"그때 아빠 이야기하면서 속닥거렸던 애 기억나? 걔가 티셔츠를 잘라서 줄 티셔츠를 입고 다니더라고. 나는 남들과 똑같은 옷은 정말 싫어. 그러니까 안 입을 거야."

"지구에서도 너의 패션을 알아주는 사람이 생겼네?"

승뚱의 말에 하랑이의 입꼬리 한쪽이 씰룩하고 올라갔어요.

"아마 그럴지도? 나 간다!"

110

하랑이는 스타일러 문을 열고 집으로 향했어요.

며칠 뒤, 슝뚱은 오랜만에 실험실 대청소를 했어요.

그때였어요. 우당탕 콰르릉하는 엄청난 소리가 들리더니 믿을 수 없는 일이 일어났어요. '힙하게 입는다' 기계가 설치된 벽이 마구 움직이더니 차곡차곡 접히기 시작했어요.

슝뚱은 자리에서 벌떡 일어나 〈슝뚜루뚱까라의 핫한 패

션숍〉예약자 명단과 사라지는 기계를 번갈아 쳐다보았어
요. '힙하게 입는다' 기계는 언제 그 자리에 있었냐는 듯
싹 사라지고, 실험실 벽만 덩그러니 남았지요.

"아니, 이게 무슨 일이야? 또리 298! 너 예고도 안 해
주고 또 이러면 어떡하니? 예약자가 아직 너무 많단 말이
야! 이럴 줄 알았으면 하랑이네 집 주소라도 알아 두는 건
데! 넓은 지구에서 하랑이네 집을 어떻게 찾는담!"

슝뚱은 예약자 명단을 가슴에 품고 소리쳤어요. 그날
〈슝뚜루뚱까라의 핫한 패션숍〉앞 홀로그램 광고판에는
새로운 안내 문구가 생겼어요.

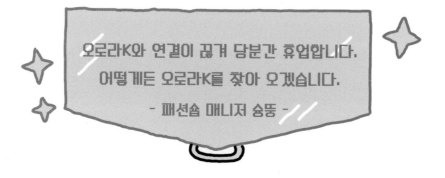

오로라K와 연결이 끊겨 당분간 휴업합니다.
어떻게든 오로라K를 찾아 오겠습니다.
- 패션숍 매니저 슝뚱 -